정은미 시와 그림

신문지가 만난
진짜 세상

정은미

1999년 『아동문학세상』과 2000년 『아동문예』에 동시가 당선되어 작품 활동을 시작했습니다. '오늘의 동시문학상'과 '열린아동문학상'을 수상했으며, 『신문지가 만난 진짜 세상』으로 2023년 아르코창작지원금을 받았습니다.
지은 책으로 동시집 『마르지 않는 꽃향기』, 『호수처럼』, 『신문지가 만난 진짜 세상』 등이 있으며, 『심술쟁이 악어 삐죽이』, 『냉장고 속이 시끌시끌』 등 많은 그림책에 글을 썼습니다.

SI그림책학교와 그림책상상 그림책학교를 다니면서 그림을 배웠습니다.
동시집 『신문지가 만난 진짜 세상』에 그림으로 첫 인사를 드립니다.

정은미 시와 그림

신문지가 만난
진짜 세상

이지출판

시인의 말

동시가 재밌다고요?
그럼 동시를 읽는 어린이와 어른들 마음속 보물을
잘 찾아낸 시인입니다.
마음에 남는 동시가 있다고요?
그럼 여러분의 마음과 동심을 톡톡 건드려 깨워 준
시인입니다.
오래오래 낭송하고 싶은 동시가 있다고요?
그럼 여러분 삶 속에 작은 촛불 하나 얹어 놓은
시인입니다.

이런 시인이 되면 얼마나 좋을까요?
이런 시인과 소통하는 어린이와 어른은 또 얼마나
행복할까요?

제가 그런 시인이 되고 싶습니다.
제게는 여러분이 주인공입니다.
여러분에게는 제가 주인공이 되고 싶습니다.

뒤늦게 그림책학교에서 그림을 배웠습니다.
그림이 또 다른 동시가 되었습니다.
그림만 봐도 좋고,
글만 읽어도 좋고,
둘 다 보고 느껴도 좋습니다.
선택은 여러분 몫이니까요.

저는 조용히 살아 있는 소리만 내겠습니다.
콩닥콩닥, 두근두근……

빛이 빛나는 이 밤에
정 은 미

차례

1부 안개비가 내리는 창문 너머

3부 걱정이 불쑥

4부 살아 있는 소리

1부

안개비가 내리는
창문 너머

눈꺼풀 문

열면
많은 것이 보여.

닫으면
많은 생각과 만나지.

어떤 것은 봐야 하고
어떤 것은 보지 말아야 할까.

생각이 필요할 땐
나는
가만히 문을 닫고 기다리지.

신문지가 만난 진짜 세상

말, 말, 말만 가득한
신문이 말을 내려놓고
신문지가 되었다.

넘치는 김치통의 국물을 받아 주고

고구마, 감자 몸이 시들지 않게 싸 주고

깎아 낸 손발톱을 받아 주고

신발 속 고린내를 잡아 주고

깨지기 쉬운 것들을 보호하고

잠든 노숙자 얼굴을 덮어 주고

그리고
자신을 태워 누군가의 언 손을 녹여 주었다.

보이지 않아도

아빠는,

반달이
보름달로 보인대.

눈썹모양의 초승달도
보름달이라는 거야.

말도 안 돼
딱 봐도 반달이고
실눈 뜨고 봐도 초승달인데.

근데, 아빠는
보이지 않는 부분까지 볼 수 있어야
진짜 보는 거래.
숨어 있는 그림자도 볼 줄 알아야
그게 정말 아는 거래.

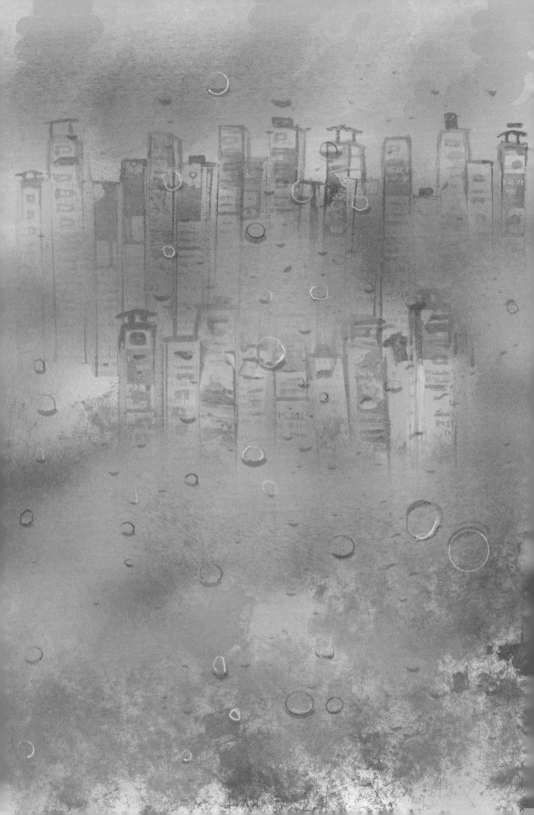

안개비가 내리는 창문 너머

비가 내리고 있어
손을 내밀어야 느껴지는 안개비가.

건너편 아파트 건물들이
흐릿한 안개 속에서
덩치 큰 막대그래프로 변신해 있는 거야.

생각했지
수학시간에 배운 가로 값과 세로 값을.

높은 막대
중간 막대
낮은 막대

어떤 수치로 세워진 걸까?
각각의 값은 무엇을 말하는 걸까?

생각해 보게 되네
안개비로 가려진
그 너머에 대해.

힘 조절

미영이 글씨는
흐릿흐릿
잘 안 보여요.

영철이 글씨는
꾹꾹
찢어져요, 공책이.

'적당한'
중간의 힘 찾으려고
오늘도 끙끙거려요.

1학년 협동 수업

파리 한 마리가 날아들었다.
윙~ 윙~
말벌 같은 소리로 교실 안을 돌아다닌다.

여자 아이들은 꽥~ 소프라노가 되고
남자 아이들은 으, 으~~ 베이스를 반복한다.

한 아이가 공책으로 내리친다.
다른 아이가 겉옷을 벗어 내리치고
또 한 아이가 빗자루를 휘두르고
또 다른 아이는 눈을 감은 채 대걸레로 마구 휘젓는다.

잡힐 듯 말 듯
창문으로 나갈 듯 말 듯

아이들의 환호성과 탄성이 떼창이 된다.

파리 쫓아내기,
이만한 협동 수업이 없다.

당당한 코골이

코골이는 오늘 밤에도 일해요.
"제발, 잠 좀 자자고요!"
누군가 소리치면 멈칫,
그러다 살살
눈치 보며 다시 일을 시작해요.
갱도를 파고 돌들을 굴리고
열차를 타고 푸우푸우 달리기까지,
엄청 시끄럽고 괴상한 소리를 내지요.

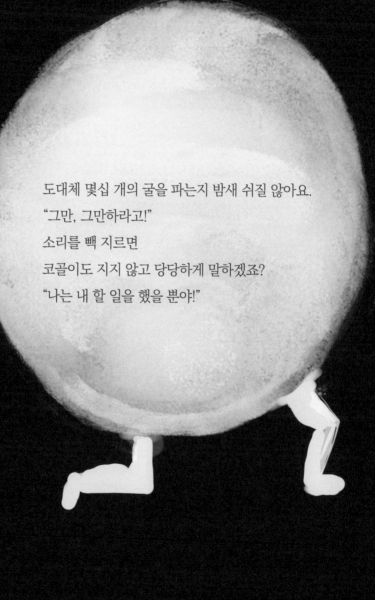

도대체 몇십 개의 굴을 파는지 밤새 쉬질 않아요.

"그만, 그만하라고!"

소리를 빽 지르면

코골이도 지지 않고 당당하게 말하겠죠?

"나는 내 할 일을 했을 뿐야!"

키 큰 소나무

내 방 커다란 창 앞엔 키 큰 소나무가 살아.
우린 날마다 마주보며 인사를 해.

소나무는
새들을 불러 소개도 해 주고
새로 돋은 연한 솔잎도 보여 주지.
어느 때는 커다란 안개 망토를 걸치고 까꿍, 하기도 하지만
달빛 아래서 생각에 잠긴 듯 쓸쓸하게 보일 때도 있어.
흰 눈을 잔뜩 뒤집어쓰고
아침까지 기다렸다 날 깜짝 놀라게 해 준 날도 있었지.

가끔은 불 꺼진 방을 어른거리다
불 켜지면 안심한 듯 뒤로 물러나지.

번개 치고 천둥 치는 날에도
우린 서로를 바라보지.

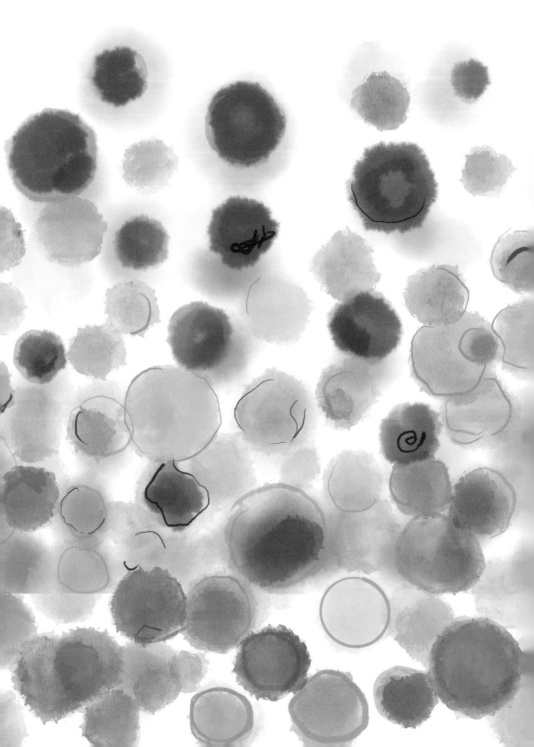

한 나무에서 자랐는데

귤나무에서
딴 귤들

초록 귤은 이쪽
썩은 귤은 뒤쪽
상처 난 귤은 저쪽
큰 귤은 요쪽
빛깔 좋은 귤은 앞쪽

한 뿌리에서 나와
한 나무에서 자랐는데,

가는 길이
다르다.

허풍선이

많이 있을 것 같은데
봉지를 열어 보니
애개~
한 줌밖에 없는 과자

바람만
잔뜩 들었네.

※ 허풍선이 : 사실과 다르게 꾸미거나 부풀려 말하는 사람

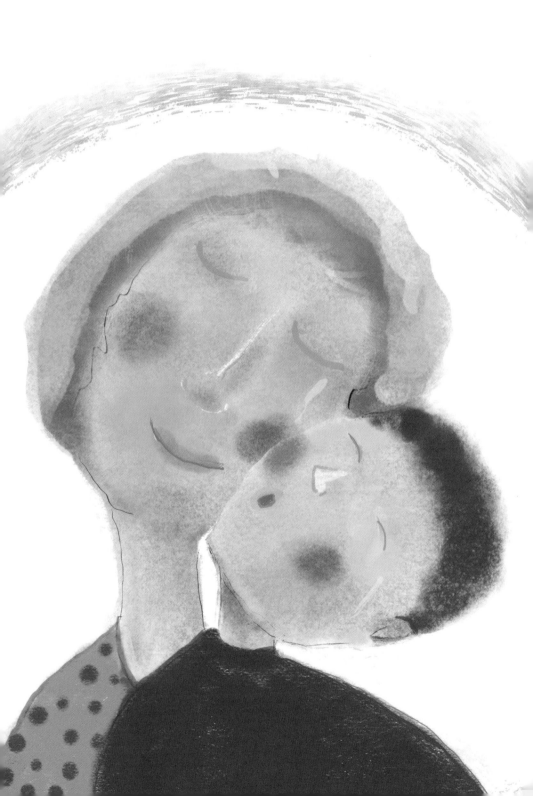

윤호

말이 없는 윤호
혼자 노는 윤호
잘 웃지 않는 윤호.

휠체어 탄 엄마가
학교에 오던 날,

엄마 옆에서
짹짹짹, 말이 많아집니다.
엄마가 몸을 비틀며 벙그레 웃자
윤호의 작은 눈은 아예 붙어 버렸습니다.

선생님과 얘길 나누던 엄마가 눈물을 흘립니다.
윤호도 따라 훌쩍거립니다.
늘어진 소매 끝으로
엄마의 눈물을 닦아 주고
자기 눈물도 닦습니다.

물고기가 되어

유유히 꼬리를 흔들며
미끄러지듯 조용히 앞으로 나가는 거야.
물속이 고요하네.
잠든 소리들 사이로 부드럽게 빠져나가서
물살을 자르듯 재빠르게 전진해야지.
음, 아주 좋아.
햇살도 아름답군.
그럼 지느러미를 우아하게 흔들어… 볼…

삑~ 삑~
"이제 물속에서 나오세요.
10분 쉬는 시간입니다."

아, 난 그만
사람이 돼 버렸다.

큰 나무

이쪽에서 봐도 앞
저쪽에서 봐도 앞

서운하게
등 돌릴 일 없고

비겁하게
등 보일 일 없지.

어느 쪽에서 봐도
당당하다.

콩 한 쪽 나누려면

단단한 검정콩,

물에 불려야 하지.

끓는 물에 삶아야 하지.

말랑말랑해질 때까지 기다려야 하지.

바나나

검은 점 좀 생기면 어때?
반점 좀 있으면 어때?

속은
깨끗하잖아.

2부

진짜 마음은

진짜 마음은

- '엄마' 하면 무엇이 떠오르나요?
선생님이 묻자

- 잔소리쟁이!
- 마녀!
- 거짓말쟁이!

아이들,
말이 나올 때마다
맞장구치며 깔깔 웃는다.

- 이젠 엄마한테 하고 싶은 말을 쓰세요.

떠들던 아이들
표정이 진지해진다.

'엄마, 키워 주셔서 감사합니다.'
'엄마, 많이많이 사랑해요.'

보여 줄 거야

2학년 체육 시간,
줄넘기를 한 개도 못하던 민우가
그동안 갈고닦은 실력을 보여 주고 싶었다.
- 선생님! 제가 먼저 할게요.
- 정말?
선생님 눈과 아이들 입이 동그랗게 쏠렸다.

하나, 둘, 셋, 넷, 다섯……
약속처럼 한 목소리가 이어지더니
으하하하, 깔깔깔……
높은 웃음소리로 바뀌고
- 어머, 어머, 어떡해!
선생님 발이 동동거린다.

훌러덩,
훌러덩,
발목까지 내려온 민수 바지가
폴짝,
폴짝,
신나게 줄을 넘고 있다.

꽃도

바라봐 주는 사람
한 명도 없다면
꽃은 꽃 피우는 걸
그만둘지도 몰라
"와, 예쁘다!"
눈 마주치고 웃어 주고
손뼉 쳐 주면
더 많이
더 탐스럽게
더 향기롭게 피울 거야.

내 마음의 꽃도 그래.

꿈꾸는 이름들

"이기원 소방관!"
"네!"

"정미영 사장!"
"네~"

"강민경 요리사!"
"네에!"

"손찬호 축구선수!"
"네!"

선생님이
꿈꾸는 이름들을 부르자

아이들 얼굴
말긋한 햇발이 되었다.

※ 말긋하다 : 맑고 환하다
　햇발 : 사방으로 뻗친 햇살

회장이라면

쓰레기통 비우고
화분에 물 주고
창문 열어 환기시키고
책상 줄 맞추고……

제일 먼저 오고
제일 늦게 가고.

이렇게 너보다
우리를 챙겨야 하는 것 아니니?

그런데,
왜 시키기만 하는 건데?
왜 대장 노릇만 하는 건데?

어떻게 저렇게

팔다리가 짧고 굵어서 하마 같다고 말하는 명희
길고 얇은 사슴 같은 내 팔다리가 너무도 부럽단다.
네가 얼마나 귀여운데, 하면
그럼 나랑 바꿔 살래? 명희의 입이 삐죽거린다.
그런데, 명희의 짧고 굵은 팔다리가
모든 아이들에게 부러움을 살 때가 있다.

가을 운동회,
반 대항 이어달리기의 마지막 주자
하마가 달린다.
타다다다……
다다다다……
굵고 짧은 팔이, 어떻게 저렇게
굵고 짧은 다리가, 어떻게 저렇게

아무도 쫓아오지 못하는 선을
훌쩍 넘었다.
올해도 우승기는 우리 반이 거머쥐었다.

생각에 속아

미술 시간, 서로 짝꿍 얼굴을 그렸다.
검은 머리카락에, 검은 눈동자
입술은 빨갛게, 피부는 살색으로
둘이 똑같은 색으로 칠했다.

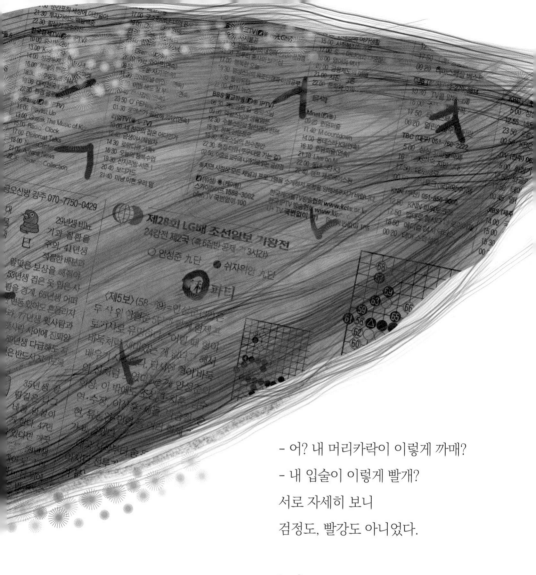

- 어? 내 머리카락이 이렇게 까매?
- 내 입술이 이렇게 빨개?
서로 자세히 보니
검정도, 빨강도 아니었다.

누가
우리 머릿속에
이런 생각을 심어 놨지?

이름을 불러 줄래?

친구와 공원길을 걷다가
꽃 앞에 섰다.

나는 꽃들에게 말을 걸었다.
- 예쁘다, 넌 노란 꽃이구나.
  넌 빨간 꽃, 넌 하얀 꽃.
  여기 분홍 꽃도 있네.

이번엔 친구가 말한다.
- 접시꽃아, 안녕
  패랭이꽃아, 쑥부쟁이야, 안녕
  어? 분꽃도 있네.
  안녕? 원추리꽃!

순간, 멋져 보였다
내 친구 염소똥.

나는 엄지를 들어올리며
별명 대신 자랑스럽게
친구 이름을 불렀다.
- 염 소 영!

밥 먹을 때는

오늘은 1학년
학부모 참관 수업

귀를 쫑긋,
선생님 말씀 듣는다.

"밥 먹을 때는 어떻게 해야 할까요?"

번쩍, 손든 인호
"지랄치지 않고 먹습니다!"

의젓하던 개구쟁이들
품위 지키던 엄마, 아빠들
한방에
다 무너졌다.

우리도 알아요

복도에서 뛰면 안 돼요.
지각하면 안 돼요.
음식을 가려 먹으면 안 돼요.
친구와 싸우면 안 돼요.
친구를 놀려도 안 돼요.

안 돼요, 안 돼요……

듣고 있던 예림이가 짝꿍에게 속삭인다.

- 원래 선생님들은 다 그래
  우리가 이해해야 돼.

부채춤

2학년들
부채춤 공연을 한다.

깃털 달린 부채들이
위, 아래로 춤추며
빙글빙글
커다란 꽃 한 송이를 피운다.

무대 가장자리에서
축하의 하얀 연기가 오르자
와, 부채들이 몰려간다.

64

연기를 따라다니며 펄럭펄럭.

당황한 선생님
인사하자고 사인을 보내도
헤헤헤, 히히히, 호호호……
멈출 수 없다,
이보다 더 재미난 부채춤은 없으니까.

말꼬리

내가 말만 하면
말꼬리를 자르는
은희야,

도마뱀도 아니면서

왜 자꾸
꼬리를 자르는 거야?

잘린 꼬리들 연결하면
아마
보아뱀은 될 걸.

너,
한 번
된통 물려 볼래?

동시 짓기

봄 숲에 갔다.

나무가 펼쳐 놓은 좌판에
꽃이 펼쳐 놓은 좌판에
계곡이 펼쳐 놓은 좌판에
단어들이 널려 있었다.

봄, 꽃, 싹, 가지, 꽃향기, 꽃샘추위, 뿌리, 새순, 잎, 동산,
얼음, 산새, 봄바람, 잎사귀, 연둣빛, 나비, 졸졸졸……

집었다 놨다, 들었다 놨다
오래 생각하며 고른 단어들.

'봄꽃' 동시가
내 이름으로 활짝 피어났다.

※ 좌판 : 팔기 위하여 물건을 벌여 놓은 널조각

들켰다

다희가 말을 걸어온다.

귀찮은 척, 건성건성 대답하고
안 보는 척, 딴청 피우고.

아, 정말 눈치 없다
점점 빨개지는 내 귀.

"찬아! 너 나 좋아하니?"

71

오싹

앞집 지영 언니는 중학생인데
키도 크고, 예쁘고, 공부까지 잘한다.
언니 앞에 서면 내 어깨가 축 처진다.

우리 지영이, 우리 지영이……
아줌마 어깨는 언제나 한껏 올라가 있다.

- 넌 내가 어떻게 사는지 모를 거야.
  시험 문제 한 개만 틀려도 왜 틀렸어?
  알면서 틀린 거야? 몰라서 틀린 거야?
  정신 똑바로 차리지 않을래?

어느 날 들은 지영 언니의 비밀 얘기
오싹,
아줌마의 올라간 어깨가 무서워졌다.

3부

걱정이 불쑥

기도

비가 쏟아진다.

나뭇가지 위에서 재잘대던 새들은

다 어디로 갔을까?

바람 불고

비는

더 세차게 내리치는데……

먹이는 어떻게 구하고

어디서 떨고 있을까?

두 손이 모아진다.

별똥별

마지막 빛을 다해 떨어진다

홀로 죽어 가는 별

그 곁에 있어 주고 싶다.

죽음이란

호 ↝
내쉬고

흡 ↜
들이마시고.

호 ↝
흡 ↜
호 ↝
흡 ↜

식물도
동물도
호 ↝
흡 ↜

하나라도
멈추면.

가지 못하게

암과 싸우던 아빠
한 숨, 한 숨 힘겹게 내쉬다 멈췄다.

나는
아빠 몸에 쓰러져 엉엉 울었다.

"그렇게 울면 아빠가 떠날 수 없어. 그만 울어라!"
빨개진 눈으로 단호하게 말하는 할머니.

나는
더 악쓰며 목 놓아 울었다.

찾는 별

- 웬 별이 저리도 많누
  저 별인가?
  아니, 저어기 큰 별인가?

하늘나라로 떠난
큰 아들 찾아

날마다
밤하늘을 헤치는
할머니.

아버지와 아들

아버지와 단 둘이 사는
대학생 오빠

중풍에 걸린 아버지 위해
생활비와 병원비, 학비를 버느라
잠자는 시간까지 바친다.

온 시간을 바쳐도
나아지지 않는 형편.

아버지는 아들에게 짐이 된다며 괴로워하고
아들은 능력이 없다며 괴로워한다.

그러다
아버지는 가여운 아들 보며
어떻게든 나아야지, 다짐하고
아들은 불쌍한 아버지 일으켜 세우며
힘내야지, 마음 추스린다.

시간 열차

우리를 태운 열차가

째깍째깍째깍째깍째깍째깍째깍째깍

방금 태어난 아기도 태우고

째깍째깍째깍째깍째깍째깍째깍째깍

덜컹!
서쪽 문이 열리면서
하얀 머리의 등 굽은 할아버지가
손 흔들며 내려요.

활짝!
동쪽 문엔
갓 태어난 강아지들이
오글오글 올라타요.

째깍째깍째깍째깍째깍째깍째깍째깍

긴긴 낮을 달려요
긴긴 밤을 달려가요.

걱정이 불쑥

산길을 걷는데
불쑥,
신발 안으로 들어온 작은 돌멩이 하나.

발가락 사이를
돌아다닌다.

고까짓 것
고까짓 것
무시하려고 해도
자꾸
걸음을 붙잡는다.

날아갔다

가난한 나라로
날아간
내 돼지 저금통

밥심 주러 갔다

멀리서 보내왔다
꽉 찬 웃음을.

작은 행복

아파트 엘리베이터를 탔다.

킁킁,
절로 콧구멍이 벌어진다.

흡, 흡
자꾸 들이마시게 된다.

누굴까?
이 작은 행복을 놓은 사람.

모과
한 알.

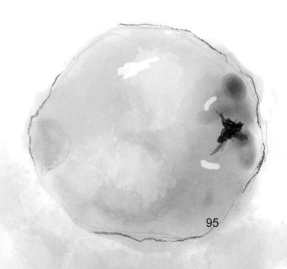

똥 누는 것도

우리 집 강아지 밥풀이

오른쪽으로 뱅글뱅글
왼쪽으로 뱅글뱅글

여기서 뱅글뱅글
저기서 뱅글뱅글

쉽지 않네,
똥 누는 것도.

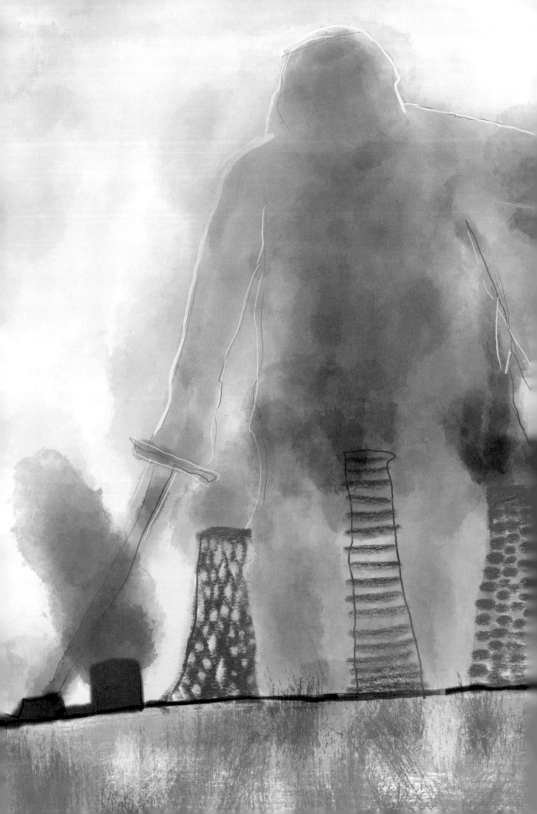

미세 먼지

청소기로 싹 빨아들이면 되지
물로 쫙 씻어 버리면 되지
뭐가 문제야

그랬던 먼지였는데,

– 너희들 꼼짝 마!

수많은 골리앗 먼지들이
우릴 집 안에 가둬 놓고
마음대로 휘젓고 다닌다
저희들 세상이 되었다.

※ 골리앗 : 성경에 나오는 인물로 키가 약 2.9미터나 되는 거인

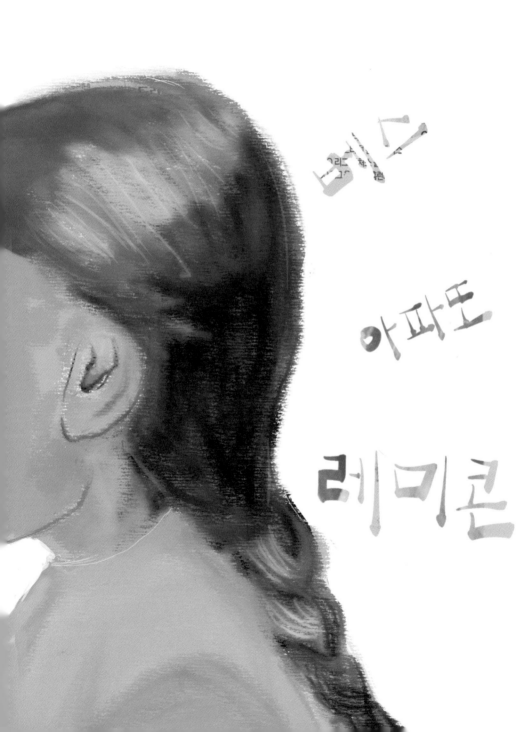

할머니의 발음

- 저 아파또는 참 높구나.
- 그렇죠? 할머니. 우리 동네에서 가장 높은 아파트예요.

- 레미컨 어딨니?
- 리모컨 여기 있어요, 할머니.

- 오빠가 매고 나가는 저 베스는 무겁지?
- 네. 베이스 기타가 엄청 무겁대요.

우리 할머니 발음
이상해도 문제없다
내 귀가
척척 알아듣는다.

눈 1

하나, 두울, 셋, 넷, 다섯……

- 야, 눈…이…다

금세
하늘 문이 닫혔다.

눈 2

– 야, 눈…이…다!

모자랑 장갑이
뛰어나간다.

하늘 문이
활짝 열렸다.

눈 3

너도 튀고
나도 튀려는
알록달록한 세상

흰색이 덮어 버렸다

그래, 가끔은
우리도 하나의 색으로 스며 보자.

4부

살아 있는 소리

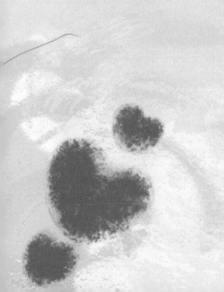

핑계

내 등엔 빨판이 있는 것 같아,
누우면 딱 붙어서 못 일어나게 하는.
특히 방학이 되면 빨판의 힘이 더 세지지.
"빨리 안 일어나!"
"알았다니깐요."
겨우 일어나면 다시 철퍼덕.
"너? 혼 좀 나 볼래?"
엄마가 파리채 들고 벌컥 들어오면
놀란 빨판이 거짓말처럼 몸 안으로 쏘옥, 정말이라니까.
이젠 일어나야지.
아~함!

나의 행복 지수

핀란드 아빠들은 아이가 초등학교 졸업할 때까지
일부러 놀아 주는 시간을 많이 갖는대.
그래서 아이들 행복 지수가 높다는 거야.

사실 우리 아빠는 '바쁘다'를 입에 달고 살아.
가끔 속상해서 "나는 아빠 없는 애 같아!" 소리치면
아빠는 부랴부랴 틈을 만들어.

자전거 탈래?
떡볶이 만들어 먹을까?
도서관에 가서 책 빌려 오자.

틈에 낀 아빠와 나지만
틈, 틈이 주는 나의 행복 지수는
'만족!'

핀란드 아이들은 눈을 동그랗게 뜨고 이렇게 묻겠지.
"애걔, 고만큼 놀아 줬는데?"

바쁜 아빠

문고리를 살며시 돌리고
들어오는 긴 그림자.

- 미안해
작고 낮은 목소리를 남기고
살금살금 뒤꿈치 들고 나간다.

나는
방문이 닫힐 때까지
자는 척했다.

그렇지 않으면
아빠는
또 쩔쩔매면서 변명을 늘어놔야 할 테니까.

오늘도
놀이공원 못 가겠다.

떠도는 이름표

태평양 바다를
대서양 바다를
인도양 바다를
떠돌고 떠돌다가

낯선 나라 어느 해안가에
널브러져 있는
플라스틱 통과 비닐들

○○ 세제
○○○ 샘물
○ 라면
·
·
·

닳고 지친
한국 이름표들
난민 같다.

감을 따다

그 많은 비바람
어떻게 견뎌 냈을까?

따가운 햇볕과
쪼아대는 새 부리를
어떻게 참아 냈을까?

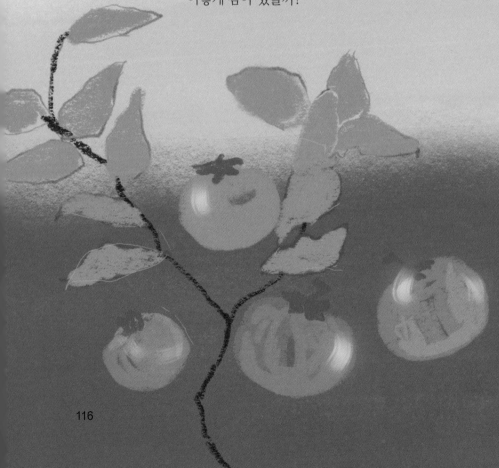

116

떨어지지 않으려고
얼마나 힘썼을까?

잘 익혔다
잘 익었다

포장박스에 한 개, 한 개
역사를
담고 있다.

코큰소리

분명 읽었던 책인데
다시 보니
이런 내용이 있었나?
이런 뜻이었나?
물음이 줄을 선다.

다 안다고
큰소리 뻥뻥 쳤는데

내 코큰소리
펑!
펑!
터져 버린다.

※ 코큰소리 : 잘난 체하는 소리

사육 곰

사람들 발소리에
깜짝 놀라 숨을 곳을 찾습니다.

철장 구석에서
부르르 몸을 떨다가

고통스런 소리로
웁니다.

배에 꽂은 호스에서
쓸개즙이 나오고

시커먼 사람들이 모여
낄낄거립니다.

대화

할머니 무릎 베고 누운
쉰 살 노총각 막내 삼촌.

- 엄마, 내가 돈 벌면 궁궐 같은
  집에서 살게 해 줄 테니 조금만 기다려.
- 20년을 기다렸는데 그깟 더 못 기다릴까 봐.
- 엄마, 연예인처럼 예쁜 며느리 데려올 테니
  오래오래 사세요.
- 오야, 오야. 며느리는 보고 죽어야제.

하루하루 벌어서 언제 궁궐 같은 집을 지을까?
예쁜 며느리는 그만두고 장가는 갈 수 있을까?

할머니 눈엔 삼촌이,
삼촌 가슴엔 할머니가

그렁그렁
매달려 있다.

잊혀진 꽃

들판에
꽃이 피었습니다.

- 와, 이쁘다!

우르르
사람들이 몰려가
찍고, 찍고……

- 저기, 더 크고 이쁜 꽃이 있다!

그리로 몰려가
찰칵, 찰칵……

이전의 꽃은
잊혀져 갑니다.

어제의 꽃은
벌써 잊었습니다.

살아 있는 소리

딱
콩
닥
콩
팔
닥
닥
닥
콩
닥
콩
근
닥
근
거
리
는

들리니?

네 심장 소리!

126

로봇이 그린 그림

- 와, 상상력 좋다.
- 창의적이네.
- 색도 잘 쓰는데?
- 히야, 저렇게 빨리 그려?

로봇에게
감탄하는 소리가 쏟아진다.

나이 많은 화가가
눈여겨보다가
한마디 한다.

- 살짝 물감이 번진 곳도 없고
  우연히 생긴 선도 없고
  덧칠한 흔적도 안 보이고……
  고민이 전혀 없군.
  이 그림은
  완벽함이 흠이야, 흠!

아기의 눈물

앙앙, 아기가 운다.

배고픈 건 아니고
오줌 싼 것도 아니고
열도 없는데
잠투정인가?

보모가 아무리 안고 달래도
그치지 않는다.

엄마 냄새 아냐,
엄마 목소리 아냐.

아기의 눈물이
엄마를 찾는다.

※ 보모 : 아동 복지 시설에서 어린이를 돌봐 주는 사람

국화차

노란 국화꽃
그늘이 말리고
햇볕이 굽고 있다.

바삭바삭
노릇노릇

향기가 마르고
생기가 멈추고.

더 이상 꽃이라 부를 수 없을 때
활짝, 피었다
찻물에서.

본성 그대로
향기를 풀고
꽃물을 들인다.

민달팽이

부끄럽지 않아요,
민낯 드러내도.

난 기죽지 않아요,
집 한 채 없어도.

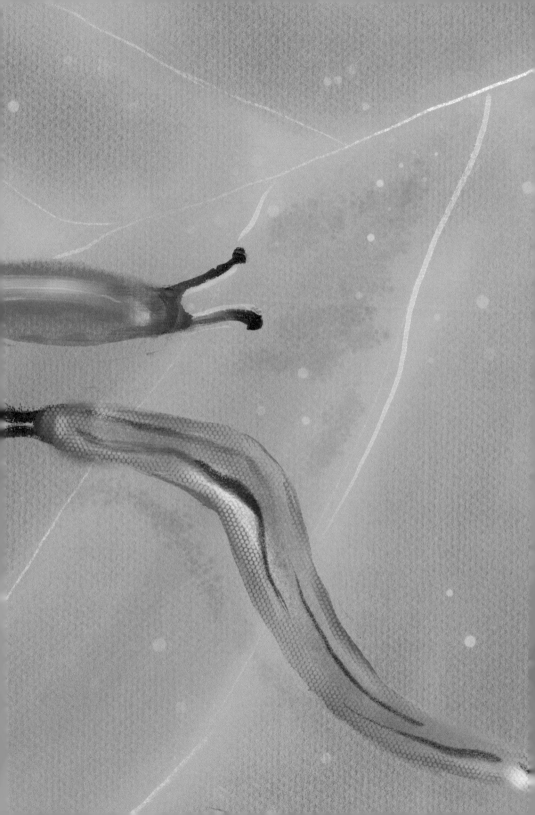

고려인의 부탁

러시아에 살고 있는 우리를
고려인
고려인
이렇게 불러 줄래?

일본에게 짓밟혀
무너진 나라, 조선
그 슬픔을 지닌
조선족으로 살고 싶지 않아.

그보다 앞서 살았던
용맹한 고려인들,
한 번도 일본에 당한 적 없는
그들의 후손으로 살고 싶지.

우리를 자랑스럽게 불러 주겠니?
고려인
고려인.

신문지가 만난
진짜 세상

펴낸날 초판 1쇄 2023년 12월 25일

지은이 정은미
그린이 정은미
펴낸이 서용순
펴낸곳 이지출판

출판등록 1997년 9월 10일
등록번호 제300-2005-156호
주소 03131 서울시 종로구 율곡로6길 36 월드오피스텔 903호
전화 02-743-7661   **팩스** 02-743-7621
이메일 easy7661@naver.com
디자인 조성윤
인쇄 ICAN
물류 (주)비앤북스

값 13,500원

ISBN 979-11-5555-212-4 03810

※ 이 도서는 2023년도 한국문화예술위원회 아르코창작기금 발간지원사업에 선정되어 발간되었습니다.